어른 이미지詩

늦게 배운 도둑질

정승용 시집

시음사
시사랑음악사랑

시인의 말

메모하듯 써오던 습작들을 모아
출간한 시집이라 그런지
해냈다는 뿌듯함이 선물 같았다

살다 보니 좀 늦게 시작했는데도
손에 쥐게 된 결과물이
삶의 질을 풍요롭게 다가왔다

김진희 선생님과 미팅하여 이미지 방향을 토론 하였다

시인 정승용

본문
시낭송
감상하기

QR코드 스마트폰으로 QR 코드를 스캔하면
시낭송을 감상할 수 있습니다

 제목 : 꽃과 나
시낭송 : 박영애

 제목 : 봄동
시낭송 : 박영애

 제목 : 연민
시낭송 : 박영애

 제목 : 부부
시낭송 : 박영애

제목 : 엄마는 과부였다
시낭송 : 박영애

제목 : 집 앞에서
시낭송 : 박영애

 제목 : 요양원으로 가는 길
시낭송 : 박영애

 제목 : 대물림
시낭송 : 박영애

 제목 : 겨울로 가는 신호등
시낭송 : 박영애

 제목 : 눈사람
시낭송 : 박영애

 제목 : 우체국이 있는 풍경
시낭송 : 박영애

 제목 : 사랑은 전쟁이다
시낭송 : 박영애

 제목 : 옆집 여자
시낭송 : 박영애

 제목 : 가슴이 시킨 일
시낭송 : 박영애

 제목 : 산책
시낭송 : 박영애

 제목 : 눈 내리는 밤
시낭송 : 박영애

 제목 : 산동네 궁민들
시낭송 : 박영애

 제목 : 조팝나무
시낭송 : 박영애

 제목 : 맥문동
시낭송 : 박영애

 제목 : 안락사
시낭송 : 박영애

 본문 시낭송 모음

영상은 YouTube 정책 또는 운영 관리에 따라 삭제될 수도 있습니다.

시인은 자연을 이야기하고 시낭송가는 자연을 품었다
글자는 날개를 달아 언어로 날고 소리는 자연에 눕는다

길을 잃다

손가락으로
하늘이 가려질지 모르겠지만
슬픔은 가려지면 좋으련만

내다 버리기에도
다시 챙겨두기에도 모호한 것이
자아를 흔들고 있었다

묘비명 자리는 고사하더래도
백 년도 안 되는 삶
살아 누울 곳도 버거운 시절

허기는 버텨 본다 해도
햇빛이 보이지 않는 터널 속에서
내 청춘이 길을 잃었다

꽃과 나

내게 향기를 주었으니
네게는 이름을 주마
이름을 갖는다는 건
책임이 생기는 거란다

갈라지는 가뭄이 와도
넌 기어이 꽃을 피워
네 이름을 지켜야 해
책임이란 그런 거란다

내가 그녀를 보낸 것도
나의 책임 같은 거야
누군가를 사랑할 때는
끝까지 책임져야 한단다

너의 절실함은
당당하게 꽃을 피워냈지만
나의 간절함은
그녀에게 닿지 못했을 뿐

제목 : 꽃과 나
시낭송 : 박영애
스마트폰으로 QR 코드를 스캔하면
시낭송을 감상할 수 있습니다

만물상

삼거리 그 만물상은
엄마가 찾는 건
뭐든 다 갖다 두면서도

내가 찾는 건
한 번도 갖다 둔 적 없다
사랑같이 그 흔한걸

공범

바람이
가오리연처럼 꼬리를 치고
꽃들이 동동구리무
분 냄새 날리면

구렁이 담 넘어가듯
봄 너머로 나를 데려가세요
나는요
공범이 필요하거든요

홍등

비가 내리고
발길이 끊긴 듯하면 약속이나 한 듯
꽃값도 덩달아 떨어지곤 했으므로
경험으로 잔뼈가 굵은 꽃들은
포주 눈치가 괜찮을성싶으면
적당히 영업을 접기도 했지만
어린 꽃들이 문 쪽을 힐끔거린 건
밀리다 보면 눈덩이처럼 불어나는
일수 이자가 무서워서였다

더러 꽃을 사러 온 남자들이
분 냄새에 취하고
몽롱한 홍등에 취하곤 했던 거리
그런 홍등에 핀 꽃들은
누군가에게 팔려 오기도 했지만
가난 때문에 스스로 찾아오기도 했다
호랑이 담배 피우던 시절
눈물 젖은 빵 조각처럼
이곳은 그렇게 꽃들의 무덤이 되었다

그 무덤들 위로 비라도 내리면
하릴없이 생각이 난다
누군가의 딸이었을 그 슬픈 꽃들이

금형(金型)

모양이 다른
붕어빵이 나올 수 없는 틀이라
너는 생각만으로도
가슴 뜨거운 존재

아들아
사랑이란 게 할수록 어렵다길래
널 닮아가려고
금형을 깨는 중이다

내가 세상에 와서
제일 잘한 일 중 하나가
널
아들로 만났다는 것이니까

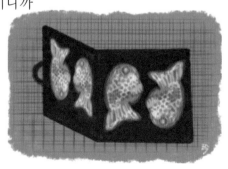

소금꽃

어린 색시를 데려온 탓에
아랫목을 내어주고도
찬물에 손이라도 틀까 봐
내내 안절부절 하다
남자는 거의 매일 그것을 쪼개댔고
그것은 밤새
절정으로 오르가즘 했다

동틀 무렵부터는
어린 색시 뜬 분칠처럼
땀구멍에서 하얀 소금꽃이 피어나더니
타닥거리던
신음 소리가 부끄러웠던지
아침이면
장작도 그녀도 전소되어 있었다

15

자작나무

병자처럼
핏기 없이 서 있긴 해도
비굴하게
허리를 꺾은 적은 없다

옳은 건
늘 곧은 곳에 있으니까

빌어먹게
앙상하게 보이긴 해도
비좁다고
서로를 탓한 적은 없다

마음만
조금 더 넓히면 되니까

그녀가 있는 민박집

발길이 뜸한 비수기에
숨겨둔 곶감 빼 먹으러 오듯
그녀의 냄새가 있고
그녀의 쌕쌕이던 소리가 있는

허름한 그 민박집은
창 너머로 바다가 끝도 없는 곳
소주 한 병 비울 때쯤이면
그녀가 내 옆에 와서 눕는 곳

하늘에 있는 별들이
바다에 눕는 것처럼

휘파람

봄이 오려고 하는지
도무지 잠이 오지 않는 밤
휘파람 불어 날리다
엊힌 듯
울컥 터진 눈물 한 그렁

너무 오래 기다리지 말고
너무 오래 참지도 말라던
너는
어디쯤 오고 있는지
아직도 가고 있는지

때를 놓쳐 잠을 잃은 밤
별이 지면
문밖에 있는 그리움은
창백하게 야위어 가겠지만
휘파람 소리 들리거든

사람아
내 아름다운 사람아
봄날 꽃으로 오거라
겨울밤 오라 했던 건
다 내 욕심이었다

히잡

허해지면
시도 때도 없이 찾아가
히잡 속
속살을 탐하듯

때로는 거칠고
때로는 부드럽게
거슬리는 그 하얀 옷을
찢고 벗겨냈다

벌린 적 없는
오만한 다리를 벌려 놓고
뱀 같은 혀로
볼일 다 보면 버리는

나무젓가락

사탕

깨물면
나처럼 아플까

사랑이 깨질 때
나는 죽을 것 같았는데

넌, 깨지지 말고
끝까지 달달하거라

여자의 봄

여자에게
문밖에 있는 봄은 위험하다

바람이
꽃구경 가자고 옷자락을 흔들고
햇살이
그 사람에게 가자고 생글거리면

가시밭에
맨살이라도 그냥 내어줄 테니까

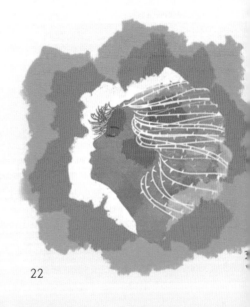

뒷방에서

축축한 고쟁이 속
그 깊은 곳에서 사냥을 꿈꾼다
기력이 빠져나가기 시작하면서
홀로 남겨진
뒷방 시간이 많아져서이다

몸에서 쉰내가 날 수도 있고
어쩌면
입에서 단내가 날 수도 있는
사람 냄새가 그리운 날은
습관처럼 커피물을 올려둔다

누구든 내게 걸리면
밤새
수다만으로도
건오징어 씹듯 잘근잘근
죽일 수도 있을 것 같으니까

봄동

어느 따스한 봄날
꽃인 줄 알고 활짝 피었는데
채소라고
겉절임 깜 봄동이라고 했다

아삭거리는 맛이
그녀의 달달한 입술 같은,

민망하게도
옆집 배추는 옹골차다더니
여인네처럼
잘 익은 김치가 되었다고 한다

걸쭉한 깊은 맛이
그녀의 묵은 속살 같은,

세상일들처럼
굳이 구분 두지 않을 거다
내 마음이 동(動)하여
꽃으로 보이면 그만인 것을

본능

죽은 후에는
다 부질없을 테지만
살아있으므로
시간도 가고 있는 거겠지요

지금은
내 시간이 아니므로
천적을 피해
고립되어 있을 뿐

언젠가
등딱지가 단단하게 굳어 오면
동굴 밖 햇살 속
당신에게로 갈 겁니다

사랑
영원
난, 그런 거 모릅니다
그저 함께 있고 싶을 뿐

호기심

문득, 호기심이 생겼어요
가볍게 차 한잔할까요

아지랑이 속으로 산책하러 가듯
조율 그거 시작해 볼까요

돌아올 때 힘들 수 있으니까
너무 멀리 가지는 말아요

향기만 주고 가는 꽃은 싫어요
난, 당신의 호기심이 될래요

엄니의 셈법

머릿 짐 크기가 제법 무거워 보여도
가난한 집에 시집온 엄니는
없는 강단도 있어야 했다
허리가 뻐근해지고
슬슬 요령이 생겨날 때쯤이면
배꼽시계 초침처럼 셈이 빠른 엄니가
시침처럼 더딘 걸음으로
새참을 내오곤 했다

품앗이 온 동네 사람들 시간은
유독 겨울 해 거리처럼 짧았으므로
동리 사람들 일손을
좀 더 바지런히 움직이게 해서
일 마무리를 단디 하려는 셈법 때문이었다
엄니의 허리가 굽어갈 때마다
살림살이는
조금씩 허리를 펴고 있었다

연민

만병통치약 같은
파스 한 장 사려면
텅 빈 연골로
삼거리 약국까지는 걸어야 한다

시야가 좁아지고
시력이 침침해 오던 그 무렵
내성을 잃은 통증이
상처를 후벼오기 시작했다

제법 싱싱하던 때와 달리
누수가 시작된
고장 난 몸뚱어리로는
같은 거리라도 시간 차이가 있었다

폐경이 오고
죽음의 냄새가 나기 시작했을 때도
눈물 한 방울 내지 않았는데
어이없게도

부모 죽인 원수처럼 볼일 없었던
못되게 굴던 사내를
하필 이럴 때 떠올렸다는 게 서러워
밤새 목 놓아 울고 말았다

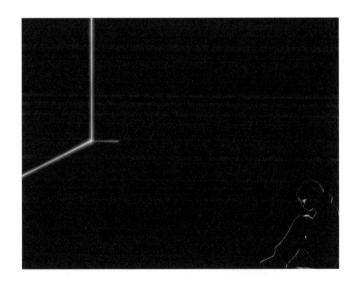

제목 : 연민
시낭송 : 박영애
스마트폰으로 QR 코드를 스캔하면
시낭송을 감상할 수 있습니다

위성

너의 관심 밖에 있지만
내가 있어
네가 중심이 되는 거야

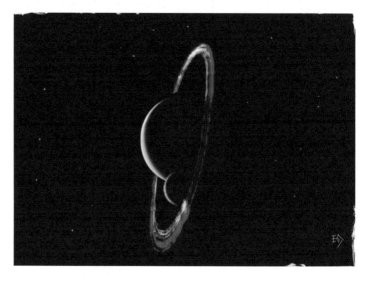

부부

힘든 세월 내 옆을 지켜 온
단아하고 단단한 사람아
당신이 내게 오시던 날
별 몇 개를 따다 두었더랬소

우리네 꽃잎 같은 청춘
세월에게 주름으로 내어주고
그 빛나던 별들을
아들과 딸로 돌려받아 온 거라오

함께 걸어온 길목마다
더러는 힘들었던 순간들
그마저도
행복이었다고 우기고 싶은 건

그리 아이들을 키워온 일들이
무엇인들 비교될 수 있겠소
매일 이리 은혜로우니
당신은 내 삶의 선물이었소

제목 : 부부
시낭송 : 박영애
스마트폰으로 QR 코드를 스캔하면
시낭송을 감상할 수 있습니다

끼

햇살이 너무 좋아요
혹시 오후에 약속 있나요
나는 집에 있기 싫거든요
그댈 기다려도 될까요

향 좋은 커피도 좋고
달달한 술 한 잔도 좋아요
내가 먼저 말하긴 좀 그래요
끼 부리기 좋은 날이잖아요

고등어

언제든 차례대로 지더라도
이상할 것 없는 꽃들이
또 비가 올 거라는 일기예보에
툭하면 비냐고
그 불만과 대책을 토론 중이었고
아침부터 모인 참새 몇 마리는
날지 않는 닭은
개정(改正)을 해서라도
조류 자격을 박탈해야 한다고
목소리를 높이고 있었다

대충 잔일 처리를 하고
늦은 식사를 할 때
또 찬으로 올라온 고등어가
시비조로 중얼거렸다
내 주제에 언감생심일 거라고
참으려다
빈정거리듯 한마디 쏘아붙였다
먹고 싶은 건 참돔이지만
사는 게 버거워
만만한 게 고등어 너뿐이더라고

33

엄마는 과부였다

내가 딸이었던 날에
엄니는 팔 수 있는 건 죄다 내다 팔더니
장사 밑천을 만든 듯
용케 장터 구석 빈자리에 터를 잡았다

옆집 개 짖는 소리처럼
동네 사람들이 시기심에 입방아를 찧자
딱히 죄진 것도 없는데
엄니는 머리를 조아리면서 나를 키웠다

장터 길이 넓어지고
생선이 좌판에서 설 자리를 잃을 때쯤
미싱을 배우던 나는
끼니 걱정 없는 쌀집 아들에게 시집와

내가 엄마였던 날에
엄니가 나를 얼마나 사랑했는지 알았다
호로자식 티 안 나게
딸년 흠집 날까 봐 죄인처럼 사셨으니까

제목 : 엄마는 과부였다
시낭송 : 박영애
스마트폰으로 QR 코드를 스캔하면
시낭송을 감상할 수 있습니다

집 앞에서

아무것도 모르는 울 엄마 입버릇
올해 넘기기 전에는 가야지

습관 위에 쌓인 먼지들처럼
7년을 사랑했는데
기초가 부실했는지
어느 날
사소한 것들이 흔들리기 시작했다

목숨이라도 내어줄 것 같았는데
집 건드리는 건 용서가 안 되었다

생선 가시 같은 사랑을 빼내고
전철을 타고
버스를 타고
경기도민으로 돌아오던 밤
찬바람이 좀 필요했다

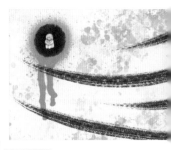

염탐하듯 할 큰언니 눈빛 때문에
표정은 풀고 들어가야 했으니까

제목 : 집 앞에서
시낭송 : 박영애
스마트폰으로 QR 코드를 스캔하
시낭송을 감상할 수 있습니다

그네

꽃이라고 불리기 미안했는지
숨은 듯
담벼락 밑에 피어 있는
채송화 같은
사랑하면 보이는 것들이 있다

맥없이 휘둘리기 싫어
세상일에 귀를 닫고 살아도
봄 아지랑이처럼
은근히 흔드는 것들이 꼭 있다
나에게 너마냥

요양원으로 가는 길

미안하오
청실홍실 우리의 연(緣)
그 매듭
이제 그만 이승에 풀어놓고
먼 길 가려 하오

임자는 아프지 말고
좋은 날 꽃으로 곱게 사시다
한 번씩 생각이 나거든
가끔 찾아와
잘 살고 있다고 말해주시오

남편이 되고
아버지가 되고
호강하다 가는 길
곡소리는 가당찮을 테니
부디 슬퍼 마시오

봄날
바람 따라갈 수 있게
멀리멀리 날려 보내주시오
살다가 알게 되었다오
저승 문턱이 제일 낮은 것을

제목 : 요양원으로 가는 길
시낭송 : 박영애
스마트폰으로 QR 코드를 스캔하면
시낭송을 감상할 수 있습니다

식탁

감자 한 알이었거나
살코기 한 점으로 시작된 분열은
피 튀게 진행 중이다

좌향좌이거나 우향우로
늘어선 대오 길이가 승패를 낸다
더 치밀하고 더 치사하게

동전 소리만 들려올 뿐
큰돈은 소리 없이 움직이고 있다
식욕 왕성한 식탁 밑으로

홍매화

목적이 다르면
길은
방향이 달라지지만

보는 시각이 달라도
네가
예쁜 건 어쩔 수 없다

그녀가 온 듯
홍매화가
나를 홀리고 있다

상대성이론

별은
멀리 있을 때 빛나지만

나는
네 옆에 있어야 빛날 텐데

네게
나의 질량은 얼마나 될까

권리를 찾아서

같은 값이면 다홍치마라고
뻘쭘하게 하는
영혼 없는 마른 표정보다는

좀 먼 듯 불편해도

테이크아웃 커피 하나라도
싹싹하고 살가운
기분 좋게 하는 곳으로 간다

43

그것이 알고 싶다

뽑아놓고 보면
그놈이 그놈이지만
표 구걸하면서도
입만 열면 구라를 쳐댄다

하나만 묻자

내가 맡겨둔 세금들은
대체 어디다 써대길래
내 살림살이는
쪼그라들기만 하는지를

완주

포기하면 스스로에게 지는 거라

나무늘보도
거북이도
최선을 다하고 있는 거다

완주는 순위가 아니므로

달팽이도
굼벵이도
사선을 넘어가고 있는 거다

완주는 아름다움이다

달콤한 독

쥐꼬리만 한 월급 받으려고
아둥바둥 살 필요 없다
어차피 인생은 한방이니까

남 탓만 하면서 살면 된다
로또 한 장 사두면
세상이 만만해 보일 테니까

입만 벌려 놓고
감 떨어지기만 기다리면 된다
사는 거 별거 없다

흠

자판기 속에는 편의점 하나가 있다
콘돔까지도 다 있는데
대상이 없다는 게 유일한 흠일 거다

지랄하는 봄

지랄해야 꽃 필 자격이 있듯
봄은
발광(發狂)하는 몸부림이다

대물림

밤새 자란 수염으로 한참을 부벼대다
새벽 속으로 사라지던 남자는
배우지 못한 가난을 대물림 받은 탓에
살이 터지고
뼈가 으스러져도
세상 누구보다도 부지런해야 했다

아이가 커갈수록
남자의 조바심도 커져가고 있었음을
많은 상처들이 말해주고 있듯
당신 아들에게만큼은
대물림해 주기 싫었던 가난이기에
그 부지런함이 몸부림 같았다

가끔,
아들에게서 아버지가 보일 때면
다시 한번 입술을 깨물고
뉘라도 깰까 조심스러운 몸짓으로
남자는 그렇게
오늘도 새벽 속으로 사라지고 있었다

제목 : 대물림
시낭송 : 박영애
스마트폰으로 QR 코드를 스캔하면
시낭송을 감상할 수 있습니다

호로자식

앞집 개장수 같은 놈이
울 할배 윽박지르는 걸 보고
애비 없는
호로자식이 되어야 했다
누가 가르쳐 준 적 없어도
팔은
안으로 굽는다는 걸 알게 된
어느 얄궂은 날

학교 밖 세상은
어른 공경심이라곤 없고
정의롭지도 않은
기만(欺瞞) 뿐이었다

옆집 소도둑 같은 놈이
어메에게 수작 거는 게 싫어
피도 안 마른 대가리가
자꾸만 거꾸로 돌았다
누가 알려주지 않았어도
홀로 철들던 그 무렵
봄볕이 늘어지고 있을 때
그때 다짐했었다

나라를 위한답시고
무책임하게 죽은 아버지처럼
내 새끼는
호로자식 만들지 않겠다고

행진

몸이 좀 불편할 뿐
마음은 병들지 않았으므로
포기할 수 없는 삶

당신들에게 하늘이 푸르듯
나에게도 하늘은 푸르다오

길이 좀 가파르더라도
간절함을 놓지 않았으므로
포기할 수 없는 삶

생존게임

이웃을 사랑할 수 없는 이스라엘
그 사이에 껴서
살아있음이 죄스러운 팔레스타인
강해져야 한다

염병

멀쩡하게 맑은 날
족보도 없는
게릴라성 비가 제법 내렸다

짬을 내
상추쌈 점심을 먹던
등 굽은 냅다 뛰었지만

벌써 며칠째
공들여 널기 시작한 고추는
이미 물 빠진 생쥐 꼴이다

속상해하는
엄니 등이 더 굽어보이던
어느 우울한 날이었다

염병하네

이브는 알고 있었다

레몬은 생각만으로
입안 가득 침샘이 솟아나도
결코 레몬일 수 없고

사과 한 입 베어 물면
입안 가득 차오르는 과즙은
분명한 사과의 일부분

다들 뱀 같은 혀로
여당 야당 민생 부르짖어도
어찌 갈수록 힘들다

에덴동산에서부터
이브는 알고 있었던 것 같다
금사과가 될 것을

외출

말로만 듣던 서울을
아들놈 찾아
달랑 주소 하나 들고
길을 나섰다
서울엔 없을까 싶어
아들 먹거리
하나하나 챙기려니
속상한 외출

보기만 했던 열차는
연착이 뭔지
다른 놈들 다 보내고
뒤에 온단다
정신 바싹 안 차리면
코 베 간다고
영감이 겁을 줬어도
아들이 먼저다

56

소녀

사랑아

떠다니는 먼지 속으로
몰래 숨어든
그 속에 살고 있는
예쁜 빛깔들
난,
가끔 햇살이 보여주곤 해

사랑아

저 끝에 뭐가 있을지
궁금해하거나 두려워 마
생각만으로도 붉어지는
볼살 같을 거라고
난,
그냥 이해되기도 하니까

연정

사당패 창기들처럼
울긋불긋 앞다퉈 단장을 하고
한바탕 난장을 치면

님이 뉘라도

바람난 내 엉덩이쯤이야
홀랑 벗겨간들 나도 모를 텐데
발칙한 연정만 발그레해

봄을 어쩔꼬

뱀

혀가 두 갈래다 보니
자꾸
헛 소리 나오나 보다

형벌

강을 오를 때
이미 없는 존재였다

결과를 알면서도
본능을 따라온 숙연
빠져나올 수도
돌아갈 수도 없는 길

난관과 천적이 보여도
물러설 수 없는
그것은 고행이거나
형벌일 수 있어도

할 일은 해야 했다
산란

겨울로 가는 신호등

그릇이 하나이다 보니
공불(供佛)은
침묵하는 게 불문이듯이
오거리 횡단보도가
녹색 등과 적색 등 사이에서
길을 잃게 된 것은
입구는 하나였으나
출구가 다 달랐기 때문이다
새벽 담배가
폐를 갉아먹을 동안
겨울로 가는
신호등을 기다리고 있었다

제목 : 겨울로 가는 신호등
시낭송 : 박영애
스마트폰으로 QR 코드를 스캔하면
시낭송을 감상할 수 있습니다

행동

계절 끝물일지라도
할 일은 해야 한다는 걸 아는
꽃은
내일 지더라도
오늘 필 거다

말뿐인 사람들보다
먼저

낙조(落照)

죽었다 깨어나도
팥으로는
메주를 못 쑤듯

새우깡을
새우로 만들지 않는다는
허탈감에

뭘 좀 알 때쯤
적이 더 많다는 걸
알아 버렸다

괜히 철들었나 싶다
슬픔이
웃음보다 많아지고 있다

63

눈사람

찻잔이 식어가는 시간
살며시
옛사람 꺼내보다가
울컥 기분이 가라앉더니
가슴에
겨울이 들어와 버렸어요

여전하시죠?
난,
그냥 좀 우울해지네요
목도리를 풀어주시던
그 따스한 온기가
그리운 까닭이겠지요

내게 올 수 없는 사람을
가끔
그리워하는 것도 죄일까요
금세 녹아 버릴 거면서
눈사람으로
거기 서 있지 말아요

곧, 바람도 불어올 텐데
이제
옷깃을 세워야겠어요
혼자 있으면
왠지
슬퍼 보일 것 같거든요

 제목 : 눈사람
시낭송 : 박영애
스마트폰으로 QR 코드를 스캔하면
시낭송을 감상할 수 있습니다

65

홍어

어물전 여기저기 내두르다
꼴뚜기보다 못한 이죽거림으로
홍어 좆 소릴 듣게 된 듯

삭혀 씹을수록 제맛이라더니
민둥산처럼 벗겨진 걸 보니
아가씨도 아니고 과부였나 보다

낮에는 푸석거리던 꽃들도
밤이면 생기를 되찾는
꽃들이 죄다 뻘건 이상한 곳

유비무환이라던 친구 놈 따라
객기를 챙겨 홍탁을 먹던 밤
벗꽃이 홀랑 옷을 벗고 있었다

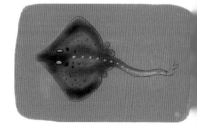

싹수를 보다

무심히 지나치던 웅덩이 하나가
감히 하늘을 품고 있었다
그 모양을 몹시 언짢아하니

할배요, 도토리 키 재지 말고
하늘도 웅덩이도 다 담아 가시오
둘 다 우리 것이니 말이오

손주뻘 될까 싶은 당돌한 놈이
괘씸하기보다는
기분 좋게 하는 싹수가 보였다

때로는 옳은 것이 불편할지라도
진실 그대로 물려주는 것이
선거하는 자의 의무일 것이라며

1분의 여유

힘드시죠?
이제 곧 저 고개 너머로
집이 보일 거예요
잠시 무게를 내려놓고
1분만
웃는 연습을 해봐요

당신이 웃으면
모두 웃게 될 거예요
웃음은 전염되는 거니까요
웃어요
열심히 살아온 당신은
행복할 자격이 있으니까요

영산홍

홍아
유난 떨지 말거라
봄에
너만 있는 게 아니다

그 사람에게는
나도 꽃이다

네년은
봄 따라갈 테지만
나는
내내 피어있을 거다

빗장

빗장 풀린 문틈 새로
옛 그리움 하나가 서 있는 걸 보니
봄이 또 오려나 봅니다

사랑이라는 거
다 거기서 거기일 테지만
유독
당신이 아픈 이유는
저 벚꽃 때문일 테지요

보고 싶다고 말하면
그마저도 다시는 못 오게 할까 봐
체면도 없이 서 있나 봅니다

오비이락

저만큼에서
툭
가을이 떨어졌다

가슴속으로도
툭
사랑하나 떨어지길

우체국이 있는 풍경

가을 햇살이 살가워서
널 만나러 가듯 곱게 화장을 하고
해바라기하러 나온 날

마지막 편지를 보내기 위해
우체국 창구에 앉아
내 차례를 기다리고 있었다

문 앞에 웅크린 등 굽은 할머니는
행여 연(緣)이 엉킨 곳은 없나
한 올 한 올 타래를 풀어놓더니

다시 기다림으로 단디 묶어 놓고
막내아들 편지를 가져다줄
집배원을 기다리고 있다 했다

우체국은
할 말이나 듣고 싶은 말이 있는
나 같은 사람들이 오는 곳 같다

제목 : 우체국이 있는 풍경
시낭송 : 박영애
스마트폰으로 QR 코드를 스캔하
시낭송을 감상할 수 있습니다

72

정점(頂點)의 몰락

해 진 후에 져도 될 텐데
무슨 억하심정 있길래
바람 한 점 없는 멀쩡한 낮
왜 그리 서두르시오

축제는 짧디짧고
뒤처리는 몹시 힘겹소

더도 말고 하나만 부탁하오
나 좀 그만 울리시오
사랑도 꽃도 다 싫으니
내년 봄엔 내게 오지 마시오

능소화

여름 해 거리가
더위 먹은 엿가락처럼 늘어져 있어도
능소화는

입추 전까지는
민소매 같은 표정으로 피어있다가도
통으로 질 거다

백 번의 말보다
한번 보여주는 쪽을 택한 듯
농처럼 그리 질 거다

그래서 여름 끝에
이리도 모진 장마가 오곤 하나 보다
사랑이 그러하듯이

역설(逆說)

꼭짓점 칼날이 무뎌지고
경로를 이탈한 것이 날뛰자

허리띠 풀린 자제력들이
지퍼 속 위험한 걸 꿈틀댄다

탐욕으로 흥하고 망하는 건
그냥 솔직한 단면이니까

백로가 사는 방법

목소리 큰 놈들 속에
껴있다 보면
패거리로 내몰릴 테니

똥은
싼 놈이 치우는 게
상식

그냥 가만있어도
함께 지랄해도
바보가 되는 건 매한가지

말 많은 놈들을 피해
귀찮더라도
돌아서 다니기로 했다

사랑은 전쟁이다

누구나 할 수 있는 게
사랑이기도 하지만
아무나 할 수 없는 게
사랑이기도 하잖아요

한때는
내 세상이었다가
지금은
동화가 된 사람아

봄이 오거든
홀씨 하나 보내주세요
그대 창가에
꽃으로 피어 있을게요

사랑이 끝났다고
나처럼 아프지는 말아요
전쟁 같은 사랑이었지만
불꽃이었으니까요

제목 : 사랑은 전쟁이다
시낭송 : 박영애
스마트폰으로 QR 코드를 스캔하면
시낭송을 감상할 수 있습니다

77

옆집 여자

먼 곳에서 먼 곳으로 가는
바람이 쉬었다 갈 뿐
잘못 앉은 북향의 집터는
밤이 아니더라도
늘, 음모처럼 음습해 보였다

작은 창이 하나 있긴 해도
겨우 들어온 햇빛 쪼가리는
젖은 채 얼어버린 빨래 같았고
그녀의 마른기침은
고장 난 장난감 소리 같았다

그 남자가 발길을 끊은 후
빈틈은 많아 보이는데
이상하게도
비집고 앉아 바늘 꽂을 자리는
어디에도 보이지 않았다

봄날 내내 꽃이었던 여자가
못질도 전등 갈이도
스스로 해내야 하는
연애 휴업 기간
겨울 장마가 시작되고 있었다

제목 : 옆집 여자
시낭송 : 박영애
스마트폰으로 QR 코드를 스캔하면
시낭송을 감상할 수 있습니다

79

이동(移動)

너희 모두와
헤어질 수는 있어도
한 사람과는
헤어질 수 없는 밤

별들이 그네를 뛰고 있는
골목 끝 가로등 아래서
옷고름을 푼 외로운 것들이
창백한 춤을 추고 있었다

한(恨)을 털어내듯

바람이 오페라를 부르는
대문 밖 모퉁이 아래서
옷깃을 세운 그리운 것들이
신발 끈을 묶고 있었다

나는 그 사람을 놓쳤지만
끝까지
나를 붙들고 있는 사람에게로
가야 할 것 같은 밤

사랑이 움직이고 있었다

화장하는 여자

너무 고마웠어요
당신 품에서
예쁜 꽃처럼
사랑받다 가네요

별거 아닌 듯
우린 잘 해낼 거예요
눈 한번 감고 나면
끝나 있을 거니까요

근데요
당신 웃는 모습이
왜
슬퍼 보이는 걸까요

난
슬퍼 보이는 건 싫어요
아무래도
화장을 좀 해야겠어요

82

미련

뭔가 흐트러져 있는
빈틈 하나쯤
남겨두고 싶었다

네가 힘들 때만 찾는
만만한
사람이 되어서라도

87

단풍 고것

진한 화장을 하고
창기들처럼 유혹을 하고 있다

주책없이

그 깊은 속살까지
궁금한 건지 자꾸만 눈이 간다

가슴이 시킨 일

믿고 싶었다
아니다
믿고 싶은 게 아니라
그냥
믿고 시작한 것 같다

아이러니하게도
상황이
정황이
불리해질수록
오히려 단단해진 믿음

더러는
잘못된 길에 서 있어도
인정하기 싫었다
가슴이 시켜서
내가 널 사랑했으므로

제목 : 가슴이 시킨 일
시낭송 : 박영애
스마트폰으로 QR 코드를 스캔하면
시낭송을 감상할 수 있습니다

85

나쁜 남자

너무 얕으면
가벼워 보일 것 같고
너무 깊으면
내가 힘들 것 같길래

만지작거리다
부피를 보니
먼지 같은 비례보다는
문득문득 아픈 걸 보니

크기는
그리움 그쯤인 것 같고
무게는
널 기다리는 만큼이다

그것이
어이없고 짜증난다
내가
사랑에 빠진 것 같아서

항변(抗變)

난, 버려지고 있는데
그림자가
널, 따라가고 있었다

비대칭

이별은
균형을 잃은 수직이지만
외로움은
규격이 없는 비대칭이라
기다림은
받침으로만 쓰기로 했다

사랑은
뻔한 결과가 재미없어도
그리움은
혼자서도 할 수 있으므로
널,
여직 사랑하는 이유이다

광과민성

세상을 마주보며
뻔뻔하게 웃을 자신이 없는 건
내가
부끄러움을 알고 있다는 뜻이다

그건 열등감과는 다른 거다

네 앞에서만은
환하게 한번 웃어보고 싶어서
나의 오만과 편견이
시원하게 깨져버렸으면 했다

난, 웃는 게 잘 어울리니까

책임

덜어내면
몸은 좀 가벼워지겠지만

책임만큼
마음은 무거워질 것이다

패턴

더 이상 설레임이 아닐지라도
습관이
패턴을 기억해 내는 것처럼
널, 여전히 사랑하고 있지만

허리라도 불편한 이런 날에는
오래전부터 부식 중이던
방향을 잃은 폐 사랑 하나가
막연함 속으로 가라앉고 있다

고래

바다에 사는 사람들조차
고래 한번 보기 쉽지 않지만
바다 아이들에게
고래는 비밀도 아니다
그저 바다의 일부분일 뿐
그 이상도 이하도 아니므로
반박할 여지가 없다

강가에 사는 사람들에게
고래는 실체 없는 허황이다
죽었다 깨어나도
노는 물이 다른 고래가
강으로 올 일 없으므로
어제처럼 오늘도 전설일 뿐
논쟁할 소지가 없다

꿈

행동할 때 찾아오는
살아있는 생물이다

야생화

어디쯤
피어 있을지는 알 수 없지만
귀한 존재는 아니므로
온실이 아닌 것만은 확실하다

바람결에
가장 낮은 곳으로 날려가도
생각이 바른 곳이었으면 한다
나답게 피어있을 거니까

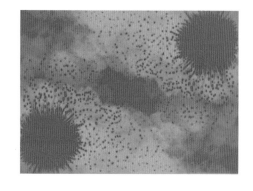

부고

사랑을 끝낸
주거지가 불분명한 것이
부고를 냈다

말소된 주소로는
아무에게도
조문 올 일 없을 텐데

처신(處身)

책임져야 하는 일이라면
불구경도 피해 다녀야 한다

뭐든 적당한 것이 좋으니
튀지 말고 중간만 하면서

고개 쳐든 놈이 총 맞고
뒤에 처진 놈은 짤리니까

구멍

詩랑
밀당하는 거 아니면
빙빙 돌리지 말고
낫 놓고 기역 자 쓰듯 쉽게 쓰자
소월처럼
온 국민이 다 알아볼 수 있게

깊숙이 들어갈수록
주변이 피곤하게 될 텐데
그래도 들어가려면
각오 단디 해야 하는
도인 아니면 폐인이 되는
신선놀음

김밥 옆구리 터지는 소리

마당까지는
아직 오지 않은 듯했지만

모기장을 뜯어
잠자리채를 만들어주니

조카 녀석은
가을을 찾아 들로 나섰다

먼 산 보며 살다 보니
미처 몰랐는데

옆구리가 시린 게
그 사람이 다녀갔나 보다

홍범도

직업이 의병이므로
잃은 걸 되찾아올 뿐
내일 무엇을 할지
생각해 볼 겨를도 없이
피(血)가
그쪽으로 끓고 있었다

대한 사람으로 살았으니
죽어서도 대한 사람일 터
그 후는
후대의 몫이므로
나는 모른다
좌익이든 우익이든

점유 이탈

막막해도
절대 포기할 수 없는 것
절실해도
선을 넘어서는 안 되는 것
내게
넌, 그중 하나

참다 참다
터질 것 같을 때
참다 참다
미칠 것 같을 때
그땐
널, 훔치러 갈 거야

마음의 온도

예쁜 것들은
더 예뻐지라고 손이 가야 하지만

사랑이란 건
생각만으로도 온도가 올라간다

착한 것들은
아무렇게나 두어도 늘 빛나듯이

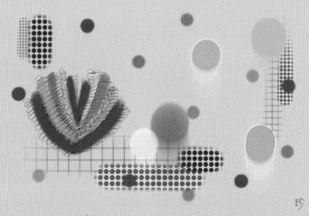

여자의 경계선

넘어오지 말라며
경계선을 긋던 여자는
불면증이었을까
잠결에라도
선(線) 너머 세상으로
넘어올까 봐
밤새 뒤척이다가
체크아웃 한 시간 전쯤
깊이 잠든 듯했다

여자가 깨어나기 전에
씻지도 못하고
조심조심 쪽지를 썼다
먼저 가서 미안하다고
추가요금을 내고 가니
푹 자고 천천히 가라고
선(線) 너머 세상에는
무엇이 있었길래
그토록 경계했던 걸까

부러진 칼

칼집 속에 있기보다는
뭔가를 시도해 본
부러진 칼이고 싶었다

다만, 칼집을 버릴 땐
쓰임에 따라 뜻이 달라지므로
명분은 있어야 했다

결과보다 과정들이
아름다울 수도 있는 절규라면
꿈틀거리고 싶었다

물론, 위험할 수도 있다
세상을 구하겠다는 망상들이
신념으로도 비칠 테니까

Mr

오래전 그날
그 사람이 주고 간
그리움을 떼어먹다
Mr
너와 키스를 했다

그날 이후
달달한 거짓 없이도
가랑비에 옷 젖듯
날, 중독시킨
Mr

잠도 없는 듯
그리움이 야윌 때까지
Black
넌
날, 재우지도 않았다

혼자 왔으니
혼자 가는 게 맞지만
또
혼자
Mr Americano

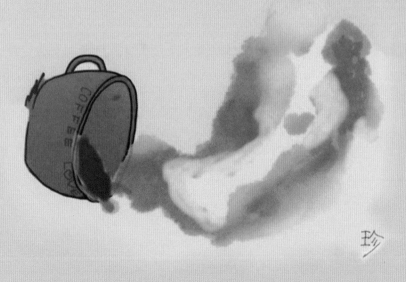

가을 사냥

여름 내내
누구랄 것도 없이

그 거친 숨소리
그 농익은 몸짓

훨훨
다 태워 버리고

만찬을 위해
사냥을 하고 있다

마지막
잎새까지 일 거다

산책

가을은
사냥하는 계절인가 봐요

하늘을 담아 둔 듯한
청아한 눈빛
비밀 하나쯤 감춘 듯
꾹 다문 입술

나, 당신이란 올가미에
또 걸려든 것 같아요

이번에도
나의 가을은 아플 테지만
그래도 산책하듯 가볼래요
당신의 가을속으로

제목 : 산책
시낭송 : 박영애
스마트폰으로 QR 코드를 스캔하면
시낭송을 감상할 수 있습니다

눈 내리는 밤

할미가 쓰던 바늘귀로
낙타가 다니던 시절에는
눈이 내리면
세상이 보석처럼 빛났다고 했다

세상 모든 추악스러움
하얗게 하얗게 덮어버리려는 듯
하늘문을 열고
아침부터 펑펑 내리시더니

노여움으로 변한 폭설은
외박 명분이 되므로
장날 새벽 털신 사러 간 할배가
기어이 발목을 잡힌 듯 했다

그 밤 할미는 밤새
대하소설 몇 권을 쓰고 또 지웠다
백여시 같은 읍내 다방 마담과
투전판 피 튀는 줄거리들

싸리문 밖 하얀 밤 멀리

작은 움직임 하나가 점처럼 보일 때

할미가 나직이 중얼거렸다

낙상하면 어쩌려고 미련스레 오냐고

제목 : 눈 내리는 밤
시낭송 : 박영애
스마트폰으로 QR 코드를 스캔하면
시낭송을 감상할 수 있습니다

여자의 일생

딸내미 시집보내고
울 할미 까만 비닐봉지 속에는
할배 모르는
주머니가 하나 생겼더랬다

외손주 알 사탕 살 때 보니
울 할미 까만 비닐봉지 속에는
토실토실한
돼지 저금통이 살고 있었고

큰아들 고등어를 굽을 때면
울 할미 까만 비닐봉지 속에는
고래도 살고 있는 듯
항시 바다가 넘실거렸다

어느 봄날 꽃상여 타고
울 할미 꽃구경 가실 때 보니
까만 비닐봉지 속에는
사랑이라는 태산이 서 있었다

110

수취인 불명

그날 밤
넌, 술에 취해 있었지만
난, 너에게 취해 있었다
그날 밤

산동네 궁민들

방향을 잃은 계절 때문에
툭하면 떼 비가 오고
툭하면 폭염인 요즘
그래도 열심히들 사나보다

옆집 아저씨가 날품을 팔러
첫차 시간에 맞춰 나갔다
오늘은
아저씨 18번을 기대해 본다

중심을 잃은 역사 때문에
툭하면 셋방 빼라고
툭하면 쌈박질이다
다들 먹고살기 버겁다더니

옆집 아가씨는 어디론가로
막차 시간에 맞춰 나갔다
내일은
모두가 행복하기를 빌어 본다

제목 : 산동네 궁민들
시낭송 : 박영애
스마트폰으로 QR 코드를 스캔하면
시낭송을 감상할 수 있습니다

이외수

책 한 권 사서 보기도 버거운
내가 제법 젊은 시절
좀 드센 바람이라도 불라치면
날려갈까 싶던 왜소한 사내가
펜 한 자루 들고 와서
글쟁이들을 난도질하듯
글을 써댔다

어느 장날
야바위에서 다 털리고
홧김에 서방질한다고
똥 빠진 멸치 대가리 같은
볼품없는 그가 쓴 책들을 팔까 하다
인심 쓰듯 다시 읽기 시작했다
그와 나는 소통이 필요했다

우시장 가는 길

콧구멍에 분냄새 날리는
삼거리 다방 마담처럼
우시장 가는 길은
한량들에게는 늘 위험했다

열에 아홉은 아는 얼굴이라
한 잔 한 잔 받다 보면
세상이 만만해 보이고
간이 배 밖으로 널뛰곤 했다

기어이 덤벼든 투전판에서
새벽 무렵
주인이 바뀐 송아지는
우시장에 갈 필요가 없게 되고

막걸리 값으로도 턱없는
개평 몇 푼 받으려니
발정 난 잡놈처럼
속 불 나도 할 수 있는 게 없었다

아들놈 월사금이라 하니
슬픈 눈으로 새끼를 내주던
누렁이 볼 낯도 없고
마누라 마주 볼 생각만 아찔하다

조팝나무

내 이름 끝순이 뒤로
어디서 떨어졌는지
동생이 둘 더 생긴 탓에
내 위치가
졸지에 어중간해졌다

난리 통 피난길에
덜컥 고아가 된 사연과
서로, 자식 욕심이 많은
동질감 때문에
부부가 된 두 분

아버지의 고집이었는지
어머니의 오기였는지는
알 수 없어도
당신들 허리야 휘든 말든
금슬은 좋았나 보다

지천에 널린 조팝나무를
좋아하게 된 이유도
어이없을 정도로 단순했다
한줄기에 열린 꽃들이
주렁주렁 많아서였다

막냇동생까지 고루고루
등골을 빼 주신 아버지가
애간장 녹이던 어머니가
함께 계시던 그곳에는
늘, 조팝나무가 있었다

 제목 : 조팝나무
시낭송 : 박영애
스마트폰으로 QR 코드를 스캔하면
시낭송을 감상할 수 있습니다

난봉

먼바다 또는 먼 먼바다에서
오징어잡이배는
밤새 전등을 켜고
랜턴 따라 투망질을 시작했다

낮에 포구에서 본
새로 온 다방 아가씨
방댕이가 눈앞에 삼삼해도
지금은 오징어를 잡아야 할 시간

만선해야 기름값 빼고
포구 다방으로 달려가
거드름 거리며
찰진 수작질도 할 수 있으므로

입에서 단내가 날 때까지
힘이란 힘은 다 짜내야 한다
나의 낭만은
뽕 따러 가는 것이니까

자존심이란 것

등은 휘더라도
중심은 흔들리지 않는 것
다소 더디더라도
목적지까지 올곧게 걷는 것

조금 불편하더라도
소신은 타협하지 않는 것
내가 힘들더라도
소중한 사람은 지켜내는 것

느낌

어젯밤 내리던 비는
땅 꺼지는
과부네들 푸념 소리 같더니

아침에 내리는 비는
또각거리는
아가씨들 하이힐 소리 같다

시간만 다를 뿐
같은 소리 같은 장소
느낌이 거짓말을 하고 있다

보고 싶은 것만 보고
듣고 싶은 것만 듣다 보니
유튜브에 빠져 있듯

폐업

바닥을 드러낸 강은
더 이상 할 일이 없는 듯했다
흐를 게 없었으니까

사랑을 드러낸 나도
더 이상 꽃 필 필요가 없었다
이유를 상실했으니까

뒤늦게 비 좀 온다고
다시 강이 흐르고 꽃이 또 필까
폐업신고 끝났는데

비우는 시간

하나 더 가져갈 듯 욕심내어본들
가을은
하나라도 더 비우기 위해 올 거다
해우소
앉아 있다 오면 몸이 가벼워지듯

항거(抗拒)

신이 우리를 만든 실수를 했듯
나도 널 사랑하는 실수를 했다

영원은 허울뿐이므로
꽃이야 지든 말든
봄은 가고 말 것을
빈틈을 내주지 말아야 했다

신이 자유를 주는 실수를 했듯
나도 널 보내주는 실수를 했다

봄이야 가든 말든
아플 땐 아프더라도
함께 있어야 했다
신은 비겁하게 침묵할 테니까

목련

올봄
목련이 지기 전에 꼬드겨서
너랑
사랑이란 걸 해 보고 싶었다

네가
바람에 흔들리고
향기에 취해 비틀거릴 때
정신 차리기 전에 사냥하듯

문

열면 시작될 것이고
닫으면 벽이 될 것이다

문은 마음속에 있고
선택은 늘 너에게 있다

위험한 꽃

그녀가 대뜸 물어왔다
아마추어, 프로 중 뭐가 좋아요
질문의 요지를 알기에
둘 다 상관없다고 대답했다
미지근한 대답에
배척할 구실을 찾았다는 듯
집요하리만큼 그녀는 단호했다
아니, 둘 중 뭘 더 선호하냐니까요

내 의지와는 상관없이
그녀의 엉성한 올무 속에서
퍼즐게임을 하듯
모순된 선택을 강요받고 있었다
마음먹기 따라
뭐든 해낼 수 있는 그녀 자신은
프로라고 말했지만
사실은 열등감이 만든 세미였다

아마추어의
나쁜 버릇은 교정할 수 있어도
세미프로의
나쁜 습성은 버리기 쉽지 않듯
나의 가장 큰 문제는
그녀를 사랑하고 있다는 거였다
힘들 걸 뻔히 알면서도
그녀는 포기할 수 없는 독이었다

5월의 전쟁

괴테의 문학이 죽고
쇼팽의 열정이 죽은
5월의 묘비명이 있었다
그 전쟁을 위해
고흐는 귀를 자르고
니체는 신을 죽였다 했다

뭔가를 시도해 본 소신들
그것의 가치에 대해
논할 자격조차 없으면서도
추모하듯
틈만 나면 쓰고 또 쓰는
시인 나부랭이들

우울한 봄비

사랑이 끝났다는데
뭔들,
슬프지 않을까마는

도둑괭이들 잰 걸음처럼
조심조심
연고 바르듯 봄비가 온다

젠장,
생채기를 낸 사람은
끝까지 뻔뻔하기만 하고

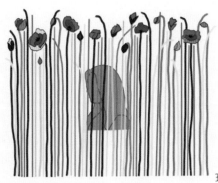

염치

묵은 빚 받으러 온 듯
무례하고 오만하게
가슴을 후비고 있는
멍 자국 같은
빛바랜 그리움 하나가 있다

오래전에
사랑이란 걸 했었으니까

마치 제 집인 양
아무 때고 불쑥 찾아와
배 째란 듯
자리 잡고 누워 있는
가위눌린 외로움이 있다

함께해 온
느낌을 알아버렸으니까

오고 가야 길인 게지
오고 갈 일 없는
옛사랑 그 문턱까지
뻘쭘하게 서 있는
염치없는 기다림이 있다

내가 아픈 이유를
너무 잘 알고 있으니까

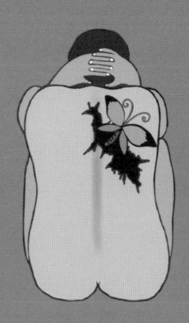

회로

내가 했던 일 중에서
가장 어리석었던 건
너와 헤어진 걸 거다

그리고

앞으로 내가 할 일들 중
제일 쓸데없는 건
널 그리워할 거라는 것

그러나

내가 했던 일 중에서
무엇과도 바꿀 수 없는 건
널 사랑했다는 거다

맥문동

햇빛이 잘 들지 않는
습하고 어눌한 곳에 터 잡은
보랏빛 맥문동이
산행 중이던 나를 불러 세웠다

잠시 숨 고르는 시간을 갖고
눈길 한번 주고 가라고

양지에 피는 꽃들은
세상이 아름다워지라고 피는 거고
응달에 피는 꽃들은
마음이 따뜻해지라고 핀다 했다

인생 그리 길지 않으니
웬만한 건 내려놓고 가라고

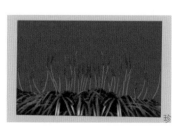

제목 : 맥문동
시낭송 : 박영애
스마트폰으로 QR 코드를 스캔하면
시낭송을 감상할 수 있습니다

133

단추

못된 짓 하다 걸린 것처럼
첫 단추를 풀 때
밤새 종소리가 들리더니
여자가 되어 있었다

운명이 시작된 거다

나쁜 짓 하다 들킨 것처럼
끝 단추를 채울 때
생각들이 마구 쌓이더니
어른이 되어 있었다

책임을 짊어진 거다

안락사

늘, 실전이던 삶
죽음마저
연습 한번 없었다

한번 살아봤으니
이제 죽어보는 일만
남았다는 듯
아버지는
농담처럼 그리 가셨다

마른 장작 같은 몸을
소각장 속으로
모질게 밀어 넣었다

늦둥이를 낳다
황망하게 먼저 가버린
마누라를 찾아
저승으로
급히, 가시는 길이었다

제목 : 안락사
시낭송 : 박영애
스마트폰으로 QR 코드를 스캔하면
시낭송을 감상할 수 있습니다

이기심

다들
좋은 사람을 기다리며 사는 것 같다

스스로
좋은 사람이 되어 찾아가면 될 것을

테두리

내가 테두리가 된 것은
널
완성시키기 위해서였다

달거리

나는 늙어가는데
한 번도 틀린 적 없는 날짜가
징그럽다는 생각이 들 정도로
내 통장은 아직 달거리를 한다

허리 휘도록 혹사당하고
쥐꼬리만 한 월급을 받아오면
나보다 여기저기서 기다리다
먼지 털듯 털어가는 삶

은행이 내 목줄을 쥔 후부터
배부른 기억이 없는 잔고 때문에
연체된 건 없나 긴장될 때면
걱정까지 다 입금해 주고 싶다

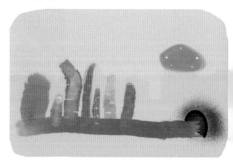

치매

나이가 들면
뻔뻔해질 거라고
다들
그리 말하더이다

또 그러더이다
살다 보면
부끄러움마저 무뎌
창피도 모를 거라고

난,
그보다 그것이 더 두렵소
사랑하는 마음마저
하얗게 그리될까 말이오

치매가 더 깊어지기 전에
할 말이 하나 있소
끝까지
날, 지켜줘서 고마웠소

목차

목차 식순에 의하면
죽은 자들의 모임은 자정부터였으므로
어제 죽은 자들이 커튼 뒤에 모여
아직 죽지 않은 시간을 죽이고 있었다

자살이라는 누군가의 편법 때문에
예약석 순서가 엉켜버린 대기실에서
제법 큰소리가 오가는 소란이 있었지만
주최 측 해명은 오만하고 허탈했다

자살 처벌에 대한 해당 규정이 없고
의사에게는 사망 선고할 권한이 있으므로
오늘 죽기로 예정된 사람들보다는
사망진단서를 우선 인정한다는 거였다

삶과 죽음을 움켜쥔 그들의 권한은
누구로부터 온 것일까 궁금했지만
그 이유가 정당하든 편법이든
죽어서도 불편은 존재하고 있는 듯했다

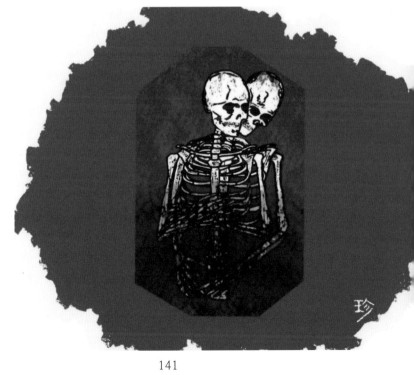

아름다움이 오다

몇 날 내내
거칠고 모진 빗속에서도
꽃 하나가
기어이 봉오리를 열었다

나는
질기다고 말했고
너는
기특하다고 했다

세상이
아름다운 이유에 대해
잠시
생각이란 걸 해 보았다

나는
겨울을 갈무리 중이었고
너는
봄을 준비하는 중이었다

그렇게
아름다움이 오고 있었다
그렇게
사랑이 내게 오고 있었다

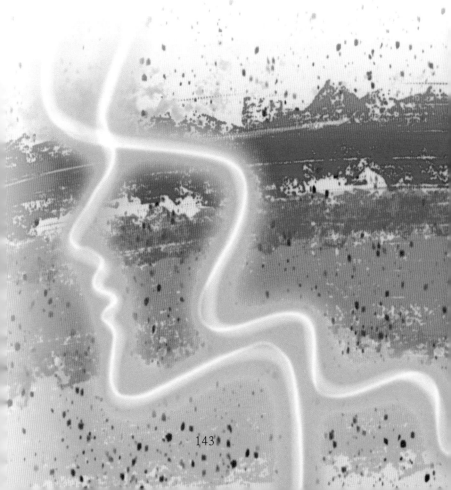

어른 이미지詩

늦게 배운 도둑질

정승용 시집

2024년 6월 17일 초판 1쇄
2024년 6월 19일 발행
지 은 이 : 정승용
펴 낸 이 : 김락호
디자인 편집 : 이은희
기 획 : 시사랑음악사랑
연 락 처 : 1899-1341
홈페이지 주소 : www.poemmusic.net
E-Mail : poemarts@hanmail.net

정가 : 18,000원
ISBN : 979-11-6284-530-1